U0609709

天真的老妇人

盛可以 著

中篇

天津出版传媒集团
百花文艺出版社

盛可以 / 作者

女, 20 世纪 70 年代生于湖南益阳。2002 年开始小说创作。著有长篇小说《死亡赋格》《道德颂》《北妹》《水乳》，中短篇小说集《可以书》《取暖运动》《在告别式上》《缺乏经验的世界》等。作品曾被译成英、德、日、韩、荷兰等文字。曾获首届华语文学传媒大奖。

7月初,阳光已经长熟,正午更是透出几分辛辣。我在约定的路口等待,同时打量周围环境,判断治安状况。马路对面,一个年轻女孩向我招手,无疑是房东May——网站上注册的名字。这里且称她为梅。

梅身着布量极少的黑色吊带连衣裙,梳着短矮马尾辫,抱着一只棕色小贵宾犬,优雅中透着少女的甜美。横过马路走近她,才发现这纤瘦秀丽的姑娘,是个上了年纪的妇人。脸上松弛,有零星老年斑,眼睛湿浊,头发麻灰稀少,但仍设法弄出一绺来,用小卡子别住,遮盖过于光秃的前额,制造一缕少女幽魂。

不知道梅是哪国人。她那张没有轮廓的圆脸像是来自韩国——抱歉，忘了说明，这是纽约长岛的黄金海岸，传说中的富人区——简短交谈之后，知道都是中国人，于是改用汉语。梅的声音柔和，不紧不慢，传递养尊处优、家境良好的生活背景，其从容与安逸映衬我风尘仆仆的粗糙。

梅的后背几乎裸到腰际，两瓣纤细的蝴蝶骨被一层长着老年斑的薄皮覆裹，随着身体运动，它们既显得轻灵，也透着枯槁。她的脊椎仍异乎寻常的笔直，似乎随时准备翩翩起舞。这个高贵的背影并不令人觉得美丽，而是气韵已逝，那憔悴的骨子里仍然传递出上流阶层的傲慢——梅说话时并不看我，仿佛紧随其后的，只是个刚来报到的下人。

二

通过房前的车辆，杂草丛生的草地，可以看出这是一个蓝领社区，勉强算得上整洁——原来长岛并不都是传说中的豪宅。梅住的是一栋联排别墅，两梯两层四户，实质属于公寓。外墙贴了红砖，大门是中国乡下正流行的不锈钢玻璃门。整栋楼无遮无挡，暴露在正午的辣太阳下，几棵小树远远地站着，也帮不上什么忙。前庭屋侧没有绿化，许是为了省钱省事，周围铺成了水泥地面，给人一种莫名的焦躁感。

梅开门时，钥匙找不准匙孔。她的手不太灵活，像所有上了年纪的人一样。梅住在二楼，进门就是狭窄的楼梯，借着门外的光，能看见脚下颜色混沌的地毯，依据曾有的养狗经验，我从屋里那股浓郁的怪味中，分辨出狗的尿味及腥臭味。

楼上是另一种衰败与霉腐的气息。

梅向我介绍各区域功能，以及注意事项，那腔调与表情，仿佛她住的不是一套三室两厅的小居室，而是一座辉煌复杂的宫殿。

客厅那张已经变形且颜色暗污的布沙发，经过时间的摩擦，结满了绒球，沙发架构有点倾斜，已经失去了负重与提供休憩的功能，只有狗才敢跳上去。

一个中国风味的斗柜，红花绿叶的漆画，明清风格的黄铜耳朵拉手，是梅过去从海南淘来的。窗边那个古朴的单人高脚凳，凳面两端上翘，二手家具网站上标价是八百美金。两张灰漆驳落、造型不错、布垫脏旧破腐的木椅，我忘了梅说它们是法国风格，还是来自法国，同样只具观赏功能，即便梅允许，也不会有屁股愿意落下去。

两椅间的小几上摆着一摞书，包括日本作家的畅销作品、不入流的中国小说、时装杂志、巴黎游记。这一摞东西整整齐齐，却脏旧蒙尘，仿佛已经存在了几个世纪。

客人通常只能在自己的房间活动，梅绝不允许别人使用她的餐桌。这个褐色圆桌四边可以折下去，变成小方桌。腿瘸了的餐椅背靠墙，勉强立住。这张旧餐桌看上去就仿佛能听到其吱呀作响，但它也是法国的，或法国风格的，梅依然珍爱，允许它盘踞在自己的生活中。

我站在厨房里，感受一个家庭最重要的地方。窗台上的玻璃瓶里，插着鲜艳欲滴的月季。绿萝伸出一根长藤探向洗菜盆。乳白纱帘上布满污斑。梅始终抱着那只贵宾犬。我仍像是她新来的下人。她不喜欢油烟味，客人通常都叫外卖，但最终她同意我限次使用那个满是锈垢和油污的白色炉灶，要我注意卫生，保持干净。

厨具丑陋不洁，我确信这里有一个不喜欢烹饪的主人。

橱柜手柄掉了，一扇柜门关不拢。一瓶香槟和一尊小雕塑组合，摆在灶台一角，凸显艺术气质。日常使用的苹果醋、橄榄油、小盐瓶装在托盘里。我很快就会看到，梅用这只托盘将煮好的咖啡和半个苹果端进房间，至于正餐，多半是豆芽、豆腐、蘑菇、卷心菜，郑重地端进房间享用。三个房间都在过道尽头，像一柄圆勺，狭窄的过道累积了尘灰和狗毛。不管她吃什么，令我印象深刻的是，她端着托盘走向房间的体态，仿佛她手中的东西，以及她拥有的生活无比珍贵，是别人永远不能企及的。

梅怀里的贵宾犬淡漠地看着我，吐着舌头，喉咙里发出哮喘似的杂音。

我这才感觉到屋里非常热。梅也像正在蒸桑拿一样，肤色通红，满脸是汗，连额头上那绺"少女幽魂"也错乱了。我环顾四周，梅立刻淡淡地说，她不喜欢用空调。我理解为老年人受不了空调的寒气，便附和吹空调不好的观点，"但热天还是得靠空调度过"，我这话还没说出口，贵宾犬忽然朝我吠叫，充满爆发力的破金属嗓音聒噪刺耳。

三

　　房间陈设和网上的照片一样,只是地板上有一团发黑的黏状物,那张可爱的小型布艺沙发有几处破裂,露出白色填充物。床单上的陈年污迹让人恶心,被子和枕头也有一股刺鼻的人臭味。我没什么心情计较。收起床头柜上庸俗的工艺品,用自己的毛巾擦干净地板——梅没有任何清洁工具——所有床上用品塞进衣柜,去平价商场买回新的替换。

　　我的窗户朝西。窗帘一拉,窗杆脱落,墙灰撒了一地。清理洗手间的时候,差点呕吐。浴缸周围深度积垢。玻璃门缝里净是毛发。洗手液是用光了之后兑进的水,厕所清洁剂也是一样。墙上的东西一碰就掉:装卷纸的铁盒掉下来;毛巾架铁管落到地板上;浴缸里的水龙头哐当一声差点砸中脚指头。

一个什么样的女人，会让自己的家这么破败？

梅肯定听到了这接二连三的声响，但她并没有过来问询，看看我是否需要帮助。她对我的态度不屑，说话不看我的眼睛，连脸都不会朝向我这边。如果我过于青春亮眼，她避免从我身上看到自己的衰萎也就罢了——我感觉她排斥中国人，尤其是住便宜旅馆的。

第二天，我坐帆船出海，在日暮余晖中回到住处，一进门，那只贵宾犬对着我狂吠，还是那种破金属的声音。

梅照样不看我，只是抱起狗，安抚它，在它耳边轻嘘。

我眼角余光瞥见，她身着宽松的白色吊带背心，依旧是前后暴露，牛仔短裤短到只裹住了屁股，双腿笔直修长。我也没理她，径直回自己的房间，在过道上碰到一个年轻多肉的白人姑娘，她是来看房子的，潜在的下一任租客。她朝我友好一笑，并侧身让我通过。

我很快听到厨房传来交谈声。梅的笑带着旋律，四五个音符长，音符有高有低，长短不一，笑声中带出一丝隐藏的风骚，让人觉得她过去对付男人，应该是有两下子的。我听见年轻多肉的白人姑娘介绍自己，因为一个新结识的男孩，她从佛罗里达州过来，找到了一份消防员的工作，有时需要上晚班。梅说那很酷，她曾经多次去佛罗里达州度假，住有名的酒店，仅迈阿密海滩就耗去了她很多词语。紧接着她的笑声像水草般摇曳起来，幻化出一个身着比基尼，迎着海风秀发飘扬的年轻女子，双腿笔直修长。

四

我第一次做饭,调至小火焖炖牛肉,然后回了房间。半小时后出来,发现炉火被关,梅抱着狗在灶台前忙碌。

饥肠辘辘,炖牛肉却节外生枝,我心中不悦,重新打开炉火。

"要炖那么久吗?我以为是你忘了关火。"梅说。

"牛肉至少要炖半个小时。"

居然做这种小手脚,我想我遇上了一个古怪刁钻的房东。为避免与她接触,我试着调整做饭时间。但是梅的生活毫无规律,要么很早起来煮咖啡弄早餐,要么上午十点钟才出来直接做午饭,不幸很快狭路相逢。

出乎意料的是,梅主动和我攀谈,依旧不看我的脸。她问了些中国的事情,说她来美国多年,极少回去,对那边已经完全不熟悉了。当我给她一些信息,她总像无知少女般讶异地说:

"真的吗?"

我认真对待她的疑问,会更详尽地解释一番,但我很快发现,这不过是她的口头禅。她的手不时摸一摸被卡子别住的那绺"少女幽魂",以确保它在妥帖的位置。

她的脸近在咫尺,我因此看清更多细节。她说话时嘴角肌肉往右侧提升挤压,右脸明显比左脸小,眼睛也是,似乎曾经中过风;耳鬓光秃秃的,像扣了个假发套;头发干枯无光,不太洁净,缺乏滋养和护理——我估摸她很久没用过洗发水了。

事实上,梅是专挑我在厨房时过来的。她独自居家,尽管总是和贵宾犬交谈,毕竟无法形成互动。贵宾犬的智商据说在犬类中排名第二,梅的狗使人怀疑这一结论,它只是瞪圆双眼,没什么表情,通常在梅的臂弯中像猫一样安静。

梅的厨具少得可怜,只有两把刀:一把长半尺、宽不过两厘米的带锯齿的刀,应该是切面包的;另一把只有寸许长,可能是切黄油的——毫无疑问,这两把刀肩负了所有烹饪必需的切割任务。

鉴于梅对生活的高贵讲究,我谨慎地问她,哪把刀专切肉,哪把刀切水果。

"这个……倒没有区分。"她用了一个"倒"字,可见她对我的提问是敏感的,这个"倒"字,说明了刀不做区分,是个例外,其他很多事情,她是挺讲究的。

我没提到抽屉里的斑斑污迹,只是认真清洗了刀具。我不想说出她家肮脏的事实,更不会真的像个下人一样,什么都替她收拾。她说的擦碗布,搭在烤箱拉手上,比抹布还脏,我很想取下来洗干净,但我没去碰它,我知道她不愿与客人共用任何东西,就像下人不能和主人同桌吃饭一样。

在我看来,这是一次夹杂抵触与试探的交谈。

梅就这样一手抱狗,一手煮咖啡,漫不经心地说话。她以前到处旅行,遍尝世界美食,说到"还有邂逅"时,她脸色亮了一下——仿佛在男女之事的灰烬中,闪现一星隐秘的阴燃之火。

我有点讨厌她,只是简单敷衍,保持基本的善意。

她问我明年会不会去巴黎看"世界杯",现在就要着手预订机票和酒店了,不然就没地方住。我说我不是球迷,巴黎什么时候都可以去,不一定非要赶在全世界的人都往那儿跑的时候去扎堆。梅认为"世界杯"四年一遇，专程去巴黎看"世界杯"，和平时旅行不太一样。

我后来才理解梅的意思，早早预订航班和酒店，重点不是看"世界杯"，而是去看"世界杯"这回事。这里头有身份品位和生活等级的象征，与穷游巴黎是两码事，即便同样是坐在街边喝咖啡，专程来看"世界杯"的人，下巴都要昂得高一点，二郎腿也跷得更悠闲。

梅说她正在着手准备这一切，包括选择哪家酒店，哪个有名的咖啡馆——普可罗布、双叟、花神，是她必去的；她讲了点萨特和波伏娃的故事——酒店嘛，得带种满鲜花的阳台，早上起床推开窗花香扑鼻，抬眼便看得见埃菲尔铁塔和塞纳河。

她一面将一件未来之事描绘得浪漫美妙，一面端起咖啡锅，欲将咖啡倒入杯中，不料咖啡锅早已松动的手柄忽然断裂，锅砸中杯子，锅杯同时落地，在破铜烂铁和玻璃碎裂的"交响乐"中，咖啡溅画出满地曲谱。

我想，梅只需稍微降低一点巴黎酒店的规格，就可以买全套精致好看实用坚固的厨具，修理好家中所有破败之处，同时给贵宾犬买合适的颈圈和狗绳——现在的颈圈太大，靠一个别针收缩，和狗绳一样脏污油腻，从来没有清洗过——她还可以清洁地毯，护理她自己干枯的头发，清除根部的油腻。

当然，我不能说这些，这冒犯别人的生活方式。

梅清理现场时，为掩饰我已经窥见了她的窘迫，我开始说话，并表现得兴致勃勃。我说巴黎那几家咖啡馆我都去过，我坐在红皮椅上接受了法国一个杂志编辑的采访。接着我补充了萨特和波伏娃的故事,也说到海明威当年在巴黎,如何在饥肠辘辘中为避免闻到咖啡馆诱人的香气而绕道去博物馆,在饥饿中更深刻地理解了塞尚的作品,这直接影响了他的文学创作。

或许是蹲地劳动的缘故,梅站起身时满脸通红。她询问我的职业,我隐瞒了真实身份,谎称自己是个服装设计师。

五

　　狗名叫 Luck，梅与它母女相称。梅说世界上有太多流浪狗，但她的"小公主"永远不会被抛弃，她会全力保护它，不让它受到任何伤害。夜里头，她在房间里和"小公主"聊天，一人分饰两个角色，不时大笑，笑声带着哭泣的尾音。我想到希区柯克的《惊魂记》，从山坡下的小旅馆望向坡上楼房，可见老太太和儿子的身影在窗前交替出现，听见她和儿子的大声争论。事实上，老太太已经死去多年，她患有精神分裂症的儿子同时在扮演她。想起这一幕，我有点不寒而栗。

　　受龙卷风天气影响，我两天没有出门。夹在我和梅之间的那个房间，门一直关着，没看到租客进出，也许被预订了，因为梅没有把它直接租给白人姑娘，而是让她等着入住我的房间。梅的卧室也始终紧闭，她进出房间时，仅小心地推开一道缝隙侧身通过，仿佛门后堆了什么东西。通过梅端着托盘，以雍容华贵的姿态步入卧室用膳的情景，我推测她所有的讲究都集中在卧室里头。

梅养狗如同养猫，人和狗都关在屋子里，有时与狗谈笑风生，有时异常安静。晚上六七点钟，经过漫长的等待，那只狗会得到一天中唯一的食物——鸡肉青豆拌甜醋。饿狗吃食，通常是一扫而光，但梅的狗不同，它表现得很节制，像小孩子舍不得把好吃的东西吃完，沿着碗边一圈圈慢慢地舔，一丝不苟，最终把不锈钢碗舔得跟镜子一样明亮。

梅聊起狗的事情，会变得精神起来。说她如何定期带狗看兽医，做体检，狗和人一样容易生病，肥胖症、糖尿病……病了很可怜,所以她尤其注重狗的健康饮食,不会乱给它食物,尤其是无聊的狗粮。她每周买一大袋鸡肉回来,一次炖熟,用塑料小杯分装,每一只杯盖贴上便签,上面用英文标注狗的名字和用餐时间,从周一到周日,共七份,码在冰箱里。

我喂了狗一块牛肉,狗表现出饿狗的吃相,肉入嘴直接滑下肚,像青蛙舔吃蚊虫,疾如闪电。

我向梅描述这一情形。

"真的吗?"梅说,"我从来没有买过牛肉。"

她笑容讪讪,依旧有股苦味。五美金鸡肉,狗可以吃七天,而同等价钱的牛肉,狗只能吃一两餐。梅肯定算过这笔账。

也许是替梅掩饰她的窘迫,我主动聊起了一只叫"芥末"的狗,它如何活过,又是怎么死的,我亲手为它钉制了一个小木盒,它如今躺在湖边一处风景优美的杨树林中。

我没有提及儿子。

梅抱紧了她的狗。她说到狗带来的快乐,它的聪明和脾气。我发现她实际上是一个不懂狗的人。她将狗的兴奋激动,理解为害怕与恐惧,将所有的狗吠视为攻击,看到两只狗打架嬉戏就担心会出狗命。

我没有说梅不懂狗性,不会冒犯她八年与狗相依为命的日子。

我曾经委婉地说,德国人将遛狗写进了法律,规定每天至少遛半小时。

"噢,真的吗?"梅漫不经心,一边侍弄厨房的花草。新换的绣球花替下了枯萎的玫瑰,厨房重新焕发生机。这些花曾经开在别人的花园里,她只需随身带把剪刀,晚上遛狗时顺手牵羊,夜幕遮掩下也不用捡狗屎,尽管她源源不断地从超市带回"免费"的塑料袋——那本是专为顾客装蔬菜水果的。

有一回,我看到狗在楼梯口急绕圈,知道它又要在那儿大便。我叫梅过来看——我只是想暗示她,至少应该带狗出去大小便。梅来时,狗已经弓腰撑腿撅屁股,梅惊讶地大喊大叫,仿佛第一次发现狗在家里大便。我说别吓坏它了,人也有三急呢。梅就转身去拿厨纸,为了防止客人使用,她把厨纸藏在卧室里。她很熟练地处理了现场。但狗屁股上沾着稀屎。梅抱起狗径直去了厨房,将狗放在洗菜盆里。

这一次轮到我大叫,那可是做饭的地方。

我忽然感觉,梅脊椎笔挺的不是华贵,而是生存碾压中挣扎的力。

六

　　每天有一段极庄重的时刻,梅坐在她的法国餐桌前,管理出租预订,回复评论,有时打电话给网络平台,让他们介入协助解决问题。那姿态仿佛坐拥巨大的财务集团,处理与租客几十块钱的纠纷时,好像洽谈一桩上亿的买卖。

　　大约是有客户评价梅的家里脏,还有只乱叫的狗,梅抚摸着趴在大腿上的狗,对着电脑屏幕说道:

　　"你觉得我家里脏吗? 简直是胡说八道……我家宝贝什么时候乱叫了? 它可是最乖的女孩。"

　　我不确定梅是否在跟我讲话。

　　"遇到这种不讲理的评论,真是没办法……还好大多数客人都是公正的,要不然我的房源也不会这么抢手。"

我正准备进浴室洗澡，在门口停顿了一下，还是没有搭理她。

洗澡失败。浴缸下水道早就堵了，积水要几个小时才能洇干。现在莲蓬头又出了故障，只有水珠滴答。此类故障在厨房和洗手间交替发生。洗漱盆也曾坏过一阵，下水缓慢，只能使用最细的水流，勉强洗漱清洁；洗菜盆也发生同样的事，都不至于完全堵死，洗碗水好不容易流干，留下满池油污。

我向梅反馈，她像是对某件事情不感兴趣一样，淡漠地"嗯"了一声，后来说联络了维修，过几天会有人来。

有点缓兵之计的意味。我猜是梅在搞鬼，她想节约水流。她就是这样靠节省每一滴水生活的。她自己不怎么使用淋浴，很少听到她房间里传出用水声。这就是为什么她的头发总是脏的，身上总带着一层不洁。她也从不给狗洗澡。

梅不喜欢我这样的客人，做饭用水烧燃气，这些都会增加她的账单付款，她并不想看到洗菜盆周围的黑霉，被我用流水哗哗地冲走。她一天只做一次正餐，就是那种豆芽、包菜、豆腐等东西一锅烫，不放油，作料是"老干妈"辣酱。甚至用腐烂的蔬菜做沙拉，连烂叶子都不拣出来。狗食同样简易，从冰箱里拿出煮熟的鸡肉撕碎，拌上青豆和调味醋——还说这个牌子的醋，带甜酸味，她的狗最爱吃。我很想说"你没有给狗别的选择"，但这过于残忍，我不会这么做。相反，我一直在配合她，比如我会称赞狗聪明，说她的饮食健康，低糖低碳水。

澡没洗成，人很不舒坦，很想吃一顿麻辣火锅。此前炒菜，梅总是闻声而出，以手当扇，细喘娇咳，将抽油烟机开足马力，推开所有窗户，一点也不掩饰内心的嫌恶。

无论如何，我得敞开胃口吃一顿。我从亚洲超市带回麻辣火锅底料，虾、鱼、螃蟹、青口、北极贝，在橱柜里找出一口脏汤锅，用铁刷子里外刷干净了，一边煮上清水，一边炒底料，麻辣香味毫不客气地四处飘散。

梅抱着狗走进厨房，娇咳几下，居然饶有兴致地攀谈，问我做什么菜。她不认识北极贝，也不知道青口——当然，高贵的主人只品尝美味，接触食物原材料、分得清五谷杂粮的都是农民和下人——我说我做的是四川麻辣海鲜火锅。梅于是说起了她的父亲，一个地道的四川人，常在家里做火锅，她最爱吃父亲做的菜，一直也是重口味，不过现在吃得清淡了。

我心想,说"寡淡"也许更贴切。

梅感叹再也吃不到父亲做的饭菜了,他前几年去世,她都没来得及送终。唯一感到慰藉的是,她母亲在天堂不孤单了。

麻辣火锅勾起了梅的伤感,她带着想倾诉,却又不愿表露心迹的矛盾——仿佛在下人面前,保持着一个主人应有的尊贵。

有一瞬间,我感觉梅的内心伸手可触,且一碰即碎。我拿出全部的诚意打算聆听更多的故事,但她却抱着狗去了客厅,留下一个双肩平端的背影。她默默望了一会儿窗外的远方,然后安静地转身回了自己的房间。

我给梅盛了一大碗海鲜,放在她每日必用的托盘中,然后发送了一条手机短信:"我做的麻辣火锅,也许没你父亲做得好吃,你且尝尝看。"

幸好梅没在厨房继续讲她的亲人,否则我很可能要忍不住说出心中的悲伤：我五岁的儿子死了。我没有明确的旅行线路和时间,不过是在这个世界上来回晃荡。

七

一楼住的是三口之家，一对五六十岁的印度夫妻，和他们已经成年的儿子。这家人经常在后院莳花弄草，也种瓜果蔬菜：丝瓜像扁担一样长，番茄红红绿绿。我下楼扔垃圾时，总会顺便看看这一园子长势喜人的作物。

这天黄昏，梅收齐了所有的脏衣物去洗衣店，拎着挎着背着，她的手臂竟然很有力，不小心暴露出吃苦耐劳的习性，使劲时青筋突起。相比之下，她的双腿显得较弱，甚至可以说不太利索，下楼梯时有点如履薄冰。我帮了她一把。我从客厅窗口看着梅被袋子淹没的纤瘦身体，像蚂蚁顶着巨物前行，忽然想起了独居的母亲。

蚂蚁消失在道路尽头,我转身收拾厨房,照例将垃圾扔进楼下垃圾桶,盖好桶盖。印度夫妻正好在园子里,他们面貌友善,但也严峻,眉间不太舒展。

印度先生走过来,明显不悦。他对我说:"你用我家的垃圾桶,我没有意见,但是纸盒要叠好,放在可回收的桶里。"我颇为尴尬,说:"很抱歉发生这种事情,我以为这是梅家的垃圾桶,那么……她的垃圾扔哪里呢?"印度先生扬手说:"扔到很远的鬼知道的什么地方。"

明知道我将垃圾放进楼下的垃圾桶,却不告诉我垃圾桶是别人的,故意让我犯错误,不知道梅是什么心态。也许她不愿低下高贵的头颅,承认她正在节省每个月的垃圾管理费,不愿暴露她高品位生活中的瑕疵。同时我也明白,梅为什么要在厨房放两个垃圾袋——各处理各的。她不想她的垃圾被我扔进楼下垃圾桶，这意味着她不占印度人的便宜；她也不愿帮我处理垃圾，那东西扔到外面挺麻烦的，而且有道德风险，因为公共垃圾桶都有黄字提示:请勿投放家庭和办公室垃圾。

"我们打算把房子收回来,不租给她了。"印度先生说道,"我们……真受不了她。"

"房子是你们的? 她是租客?"我先前的疑虑被证实了:没有人会让自己的家这么破败。

"是啊,这是我们的房子,她没告诉你吗?"印度太太抢着回答,"租房子的时候,她说是和儿子一起住。三年了,我们从来没有见过她的儿子。她把房子放到网上短租,客人进进出出,这个是她亲戚,那个是她朋友……全都是撒谎。哎,关键是不爱惜房子,什么都往下水道倒,地毯也从不清洁……我们的房子,要被她毁了。"

"原来是这样……怪不得……"我说,"浴室和厨房的下水道都堵了,积水要等半天才下得去。"

"前不久,我们才花了两百美金疏通过。"印度先生的眉头皱得更厉害了。

"……天气这么热,她应该打开空调,这是客人应该享有的。"印度太太提醒我维护自己的权益。

"她家没有空调。"

"有。一个墙式空调,在客厅右侧的窗帘后面。"印度太太说道。

怪不得梅从不拉开那一扇窗帘。

"她只是想省电吧。"我说。

"她出门可是背 LV 包。"印度太太说。

"无论如何,她不诚实,也不好相处。"印度先生摇摇头,"这么热,不开空调……她收你多少钱一个晚上？"

"三十美金。"我说。

"她要得多了点。"印度太太撇了一下嘴，"你到我家来看看，干净，有冷气，卧室又大又漂亮。我们只收你二十五美金一个晚上。"

我说我很快就要去伦敦了。

"我们也不是抢她的客户，只是看你是个不错的人，应该住得更舒服一些。"印度太太接着说。

我感谢他们的善意，并赞美了他们的花园。第二天我买了一个大西瓜送过去，应门的是一个姑娘般腼腆的小伙子。

八

梅开始正脸对我说话,态度友善,甚至有成为朋友的趋势。我没把和印度人聊天的事情告诉她,心里隐隐不安,觉得自己好像在出卖她,而且还假装不知道她的秘密。

也许是出于这个原因,我陪她的狗玩了一阵,捉迷藏,抛掷纸球。这只狗聪明机灵,精力充沛,而它过去的八年时光,竟然是伏在梅的膝盖或者臂弯中文静度过的,这有违它活泼好动的天性。

我没有征求梅的同意,擅自带狗出去溜达。

狗一路欢奔,东嗅西闻,不停地撒尿。

陌生的风从陌生的街道跑过。陌生的树叶跳起陌生的舞蹈。

街道两边的房子长得一样，幸好狗认得回家的路。

梅正在将洗过的被单衣物晾晒在客厅，搭在沙发和椅子上——她精明地省下了两美金的烘干费。

狗一进门就奔向梅，她抱起狗连亲几口，好像失而复得一般，还问了我一连串的问题，比如是不是紧紧地拉住绳子，看到别的狗有没有赶紧躲开，她非常担心狗受到伤害。

"它交了两只狗朋友，一起玩得很开心。"

"真的吗？"梅脸色都变了，是那种惊喜与恐惧混杂的表情，"这太危险了，要是被 Rape（强奸）了怎么办？"

"如果它顺从，证明它想要；它要是不乐意，会反抗吠咬的。"

"我也想过给它找个伴儿……"梅捧着狗的脸，

"可是,宝贝呀,妈咪还没有做好当奶奶的准备呀。"

我说它很会玩游戏,要是有一个球,它会获得更多乐趣。

"真的吗?"梅像一个发现孩子具有某种天赋的母亲,抱紧了狗,"哎呀,宝贝,妈咪对不起你呀,妈咪一定要给你买一个球。"

我意识到我的话正在渗入梅的生活,必须立刻闭嘴,因此,我没理会梅的抒情,本能地转身去洗手间,搓洗油腻得作呕的狗绳和颈圈。

水哗哗地流淌……

儿子是为了救掉进水里的"芥末"淹死的……

那是一只棕色小柴犬,我送给他的四岁生日礼物……

儿子和狗的玩具依旧堆在他的房间里……

我始终被一个问题折磨:为什么不送他一只

猫……

屋里已经没有晾狗绳和颈圈的地方,梅的那些洗完后仍然色泽暧昧的东西到处都是。最后我将它们挂在橱柜的拉柄上。

夜已经罩住世界。气温比白天略低。因为狗的话题,我们留在客厅,站着说了一会儿话。梅坐在她的法式餐桌边使用笔记本电脑,写写画画,我在厨房隔着半截墙栏回应她的问题。

她从不会邀请我坐上那张法式椅子。她就是那样一副架势。

"时装设计师最懂服装潮流了,我有几件旧衣服,你看看有没有过时。"梅回房间拿出一件黑色圆领针织衫,一条碎花长裙,"这是三十年前的衣服,我现在还是很喜欢。"

我摸了摸衣服质地,点点头,说好看。

获得认同,梅的声音高了起来:"这针织衫是英国的,老牌帝国的衣服,质量多好。看,还像新的一样,当年就花了两百英镑……我跟你说,买衣服一定要买品牌的,买最爱的,几十年都不过时,而且照样喜欢。"梅将衣服贴在身上,下巴抵着衣架看着我,仿佛我是一面镜子。

我依旧点头称是。

"这么说吧,衣服就跟男人一样。有的买回去就不喜欢了;有的勉强能穿几次;有的呢,不怎么穿,也不愿处理掉,偶尔看到,又忍不住要试穿一番……我想,每个女人的柜子里,应该都会有一件穿了几十年,甚至哪儿破了都舍不得扔的最爱……是不是?"此时的梅语态有点活泼。

"是的。"梅这番话让我深有同感,不觉有了些交谈的兴致,"我有一件在伦敦买的风衣,十五年了,里衬都穿烂了,还是像当初一样喜爱……去年换了新里衬……怎么形容那种衣服的感觉呢……就像……"

"就像你的皮肤一样,让你舒适自在……任何时候都是。"梅再次说到我的心坎上。

"是的,通常不同的衣服适合不同的心情,但就那件衣服不是……"

"绝大部分衣服是错买的,因为女人对自己存在误解……"

"但柜子里又少不了其他的陪衬。"

"我现在绝对不会轻易买东买西了。"梅几乎是松了一口气,"这碎花裙是法国的,版型很不错吧?等秋天一到,配上高跟鞋,还是很时髦的。"

梅就怀着期待秋天到来的表情,飘向那条通往寝室的幽暗过道,且很快从那边再度飘来,这回手里拿的是灰色冬衣。

"这也是很多年以前的，现在不流行貂皮大衣了，我的设计师朋友给我改成两件短的。"梅举起貂皮短装和马甲，"我早已经不追求这些东西了，再说还得小心动物保护主义者——怎么样，这个设计师挺厉害的吧？一件变两件。"

很明显，一件大衣被糟蹋了——也许数量上取胜，不过，我不忍破坏梅的兴致。

"还有，这个LV包，是不是依然很漂亮？现在我也不想用了，放到二手商店，应该还能卖个两三千美金。"梅挎着包扭走了几步。

梅的脸看得越清楚，越不忍描写。不太洁净的肌肤中，隐现着一种窘迫与苦涩，眼睛是黄浊的，夹杂些许红丝；得益于她所谓"低碳水饮食"修来的身材，因为太瘦，皮肤显得格外松弛，尤其是极端裸露的平坦的胸脯，就像被风吹往一个方向的水面，泛起不规则的波纹。

廉价洗衣液浸染了客厅晾晒物的每一根织线——梅就在这股廉价洗衣液的气味中，继续展示她的陈年旧物。她一直致力于向她的客人呈现她过去的富有生活。她曾试图将一双名牌尖高跟旧靴卖给那个年轻多肉的白人姑娘，自然，她失败了，穿着自由散漫具有平民风格的白人姑娘，对淑女贵妇装扮毫无兴趣。昨天下午，她很认真地给这双靴子上油，让我看它焕然一新的样子，问我穿多大鞋码。

遛狗时渗出的汗水，此时已变成一层凝膏紧蒙在皮肤上，汗臭味隐约可闻。我惦记着浴缸里的积水什么时候流干，还有洗菜盆内无法清理的油污。

"你戴的是卡地亚吧，我也很喜欢这款表。"梅一发不可收拾，又拿来了一块旧手表，"我这块卡地亚也有好些年了,多漂亮!不过已经停止不走了,花两三千美金应该可以修好……"

"花那么多钱维修,不如买一块新的。"我说。那块表看起来不值钱,也算不上好看。

"一直没找到合适的零配件……还好,我原本就不放心,谁知道那些维修师傅会做什么手脚……"

我有点倦怠,叫了一声狗的名字,希望它能带来一点乐趣。狗兴奋地跑过来,围着我的腿弹跳,腥臭味扑鼻。

我问梅是否同意我给狗洗澡。

"怎么,它有味道了?"梅很惊讶。

"我反正闲着。"

梅慢悠悠地收拾好她的压箱旧货,准备了一条破了大洞的浴巾、小瓶装已经见底的洗浴液——来自某酒店的免费品,说她的宝贝对洗澡抵触。她嘱咐它听话,吻别它之后,将它交到我的手中。

狗在盥洗盆里颤抖,湿水后它比一只老鼠大不了多少。我一边用我自己的洗发水给它搓洗,一边哼着没词的曲调安慰它。我很快意识到,那正是我给儿子洗澡时唱的一首儿歌。

梅开始做红豆冰沙,破壁机充满痛苦的惊人噪音,像地狱里传来的千万个鬼魂受刑时的齐声惨叫。

九

　　我在长岛最东端的蒙托克角灯塔小镇消耗了一整天。爬那一百三十七级通往塔尖的台阶，有一瞬间我希望这是一条远离尘世的路，一直升到天国，在那里与所有已逝的亲人团聚，开始新的生活。

　　我从未见过这么辽阔的景象，整个大西洋仿佛人生一般渺茫，让人不知所措。那是一种挑动食欲的蓝色，像小时候舔过的冰棍。天空是海面的镜像。鸟如枯叶翻飞。它们也在途中，不知道是往还是返。

　　我查过去伦敦的航班。距离上次在那里所做的一个月停留，我已经六年不曾踏足。算起来，他也不年轻了，不消说，他肤质细腻、脖颈细长的妻子，依旧挽着他的手臂漫步海德公园。他们就住这皇家公园附近。无疑,他的三个儿子都已成年,每一个都接受了良好的大学教育。他们过着传统的英式生活。他浑然不知自己是一桩大事的主角,曾经拥有第四个儿子,也失去了第四个儿子。

与其说是不忍心去搅乱这样的家庭,毋宁说那是一种自知之明,当你情感独立经济自由,就更不会去打扰他们。没有充分的理由——为了让他认下这个孩子?要他脱离家庭奔到你身边来?这些都不是我所想的,这只会破坏固有的情谊和彼此的生活。

我没有告诉他,这是我个人的事。儿子在新年夜诞生了。我只需解决某类现实问题:如何做一个单身母亲?

"我本来做得不错,"在返回的车中我这么想,"……如果我送给儿子一只猫,而不是一只狗……"

他是儿子的一部分。他是儿子的遗迹。他是儿子的附体。如今,我只能像造访历史古墓般,去他那里考察挖掘,重温属于儿子的细节特征——这样做对我更好,还是更坏? 我不确定。

梅似乎在等我。她的笑容比此前扩展了许多。从我踏进客厅开始,她就一直抱着狗跟我说话。她说起一则突发新闻,一对情侣开车全国旅行,在网上发表旅途见闻与照片,吸引了很多读者。旅行半个月后,他们的网站停止更新,男青年独自一人回了家。十天后警察在俄亥俄州的森林里找到女青年的尸体,同时发现作为犯罪嫌疑人的男青年早已失踪。梅发表了一通关于男人的负面言论,说在两性关系中,总是女性在吃亏受伤害,几千年来都是这样。

"一个潜在的杀人犯,未必平时看不出端倪。"

梅仿佛四平八稳坐在太师椅上，注重遣词用句，"男人真是最可怕的动物……你不觉得吗？"

她的狗吐着舌头，喉咙里又发出哮喘声。

我无法回应她关于男人的观点，笑着说："真的吗？"

"绝对的！"梅并没有意识到我在学她的语气，她用的是一个英语单词，似乎这样才能确保她的笃定，"而这些可怕的动物当中，律师算是最坏的。我认识不下一打律师，他们只认钱，而且想方设法，替有罪者辩护，为杀人者开脱。律师就是干这个的。越是有名的律师，干的坏事就越多。"

"儿子的遗迹"也是一个律师，但他心怀公平和正义。我不想跟梅说这些，也从来没有跟她辩论的兴致。她有一种近乎俗气的天真，也有与她的瘦弱形体极不相称的固执。说"绝对"时，她还腾出一只手来挥砍了一下,狗差点掉地下去。

我在厨房弄餐,把耳朵留给她倒也无妨。

梅跟随我在厨房移动,而且追着我的脸说话,我洗菜的时候,她的头几乎探进了洗菜盆,似乎只有这样才能把她的想法传达给我。

我不忍冷落她,心不在焉:"你为什么认识这么多律师?"

我的回应正是梅所期待的,她拥挤在嘴边的话得以顺势而出:"我一直在打一场官司……"说出更多的秘密之前,梅脸上浮现得意与窘迫相混的表情。不知道为什么,她的每一种笑容,都有股抹不掉的苦涩。我怀疑她接下来所言,是一个真假交错的编织物。

"我换了好些个律师……等我打赢这场官司,我非把其中几个告到律师协会去不可。"梅没说她在打什么官司,也许是为了补充事件背景,她第一次说到她儿子:耶鲁大学毕业,学金融的,住在布鲁克林,谈了一个女朋友。

"差不多结婚了吧……拜托,我可不会帮他们带孩子……上帝,想想我那些当了奶奶的中国朋友,一辈子都在带孩子……"

"没准等你看到孙子,他们不给你带,你倒会生气。"我说。

"绝对不会。"梅用了两个英语单词,"我有自己的生活。我那么喜欢旅行,向来是想走就走的。"

但是,来纽约几十年,梅竟然没去过灯塔小镇,这让我感到意外。梅说她对海没感觉,她喜欢游泳池,尤其是高档酒店的游泳池,游几圈,回躺椅上放空脑子,闭目养神,侍者将酒水和食物推到身边——她说的是"侍者",而不是服务员——梅通过

这个书面用语,将自己推向上流阶层。更意外的是,她邀请我一起去,在布鲁克林就有一个这样的地方:

"七百美金一晚哟。"

我此时正用梅那把可怜的锯齿刀切牛肉,最后一块牛肉已经变成丝,但怎么也切不断,而她却跟我说住七百美元一晚的酒店,仅仅是为了那个游泳池?且不说厨房生活和游泳池享受哪一样更为重要,对于热爱厨房与烹饪美食的我来说,眼下迫切需要的是一把锋利的切肉刀。毕竟日常生活占据大部分时间,没有人是在游泳池边老去的。

我有一点恼火,也许是为这把切不断肉的锯齿刀,也许是为梅不切实际的生活态度:

"我不会住七百美金一晚的酒店,除非我的年薪超过五十万美金。"

梅煮好鸡丝拌青豆，分装在三个塑料杯里，贴上便签，上面写着狗的名字和用餐日期。这个"向来是想走就走的"女人，决定周末去酒店享受游泳池与侍者服务，我答应照顾好她的狗，遛狗时抓紧绳子，保证它不被强暴。

整个上午梅都在准备行头，房间里传来翻箱倒柜的声音。那个年迈的妇人，似乎在落满尘灰的历史中翻找光鲜的过去。

下午三四点，梅长时间捯饬的结果呈现在我的眼前：

头戴一顶圆草帽，像是要去收割地里的黄豆；豹斑墨镜透着塑胶的廉价味，还瘸了一条腿，缠着胶带;袒胸露背的黑色吊带印花镂空裙偏大,像上过米浆,使她的身体和骨头更显枯硬;黑色布面拉杆箱拖出了毛边,几近脏破,装得鼓鼓囊囊的;身上斜挎的小黑包,拉链坏了,张着嘴,露出里面的杂碎;手臂上吊着一个超市蛇皮购物袋,里面也塞满了物品——公园的长椅上常躺着这类装扮的人,那是些无家可归的流浪者,而梅不同,她是去超五星酒店,享受游泳池与侍者服务。

临出门,梅再次将狗托付给我,说周一晚上一起去吃希腊餐。这意外的慷慨让我略感讶异。不忍看梅在十几级阶梯上颤颤巍巍,我主动帮她将行李箱拎到大路边,祝她玩得愉快。我留下内门敞开,以便新鲜空气从楼道涌入,冲淡屋里气味。

透过客厅窗口,我看见被行李拖挂的梅,疲惫而缓慢地穿过马路,像一个逃荒者。她终于立定在公交车站牌下，腾出手来擦汗——她又变成了一个打扮入时、身材纤瘦的姑娘——一辆公交车驶过，梅像个污点般被涂掉了。

我原本想去大都会博物馆看达·芬奇的绘画手稿，不知道为什么会答应梅，为了她面无表情的狗放弃出门。我又查了一次去伦敦的机票，鼠标停留在确认键上，然后起身去了厨房。灶台边、马桶上，是两个宜于思考、灵感迸现的地方，事情卡壳时，我总是这么解决的。

梅一出门，那只狗就和我寸步不离，那股依恋与信任让人心中柔软。它紧跟我到了厨房，跳上那把没人敢坐的脏餐椅，下巴枕着前爪，两眼紧瞅着我。

这一只自尊心很强的狗，有着梅的不肯低头的倔强，即便是巴望我弄点什么给它吃，也不会摇尾讨好,表情不卑不亢。

梅说她的狗很有个性,的确如此。

我到处翻找零食,或者任何可以给它打打牙祭的东西。柜子里只有一些没用的瓶瓶罐罐,大量印有咖啡馆标记的纸杯和纸巾,证明梅在各种地方干顺手牵羊的事。

"你妈真抠门。"我对狗说,"连零食都不给你买。"

这只吃了八年鸡肉拌青豆的狗听到我说它妈的坏话,立刻双耳后撇,翻出了眼白。我摸摸它的脑袋,表示道歉。从冰箱拿出牛肉切成小方块,用清水煮熟,当作诱饵来教它坐下或卧倒——我以前就是这么训练"芥末"的。这只狗证明了它的智商,可惜梅从没给过它展示的机会。

抵触、躲避、怜悯……现在,我能够面对一只狗——尽管我的心还是不时地感到刺痛。

夕阳落下去,兴风作浪的热气被收进魔瓶。我从未见过那样的天空,半边天着了火,薄云随风赋形,巨幅天穹是抽象画,仿佛上帝之手的杰作。屋顶上有一种黄雾般的氤氲飘浮,周遭呈现不真实的色调,连人间杂声都变得柔和起来。

飞机从附近的拉瓜迪亚机场起飞,缓缓游入高空。抬头看见飞机的白肚皮,像一条大鲨鱼——我很快会坐在它的腹中游向伦敦。

那对印度夫妻赤着脚,坐在大门口的石阶上喝茶,碟子里放着饼干和坚果,手机里正在播放印度音乐。

我还没离开,还在持续将垃圾扔进他们的垃圾桶,这让我感到过意不去,仿佛自己说了谎。穿过他们的"静好岁月"时,那只狗居然对着他们吠叫。

"……我正在订购去伦敦的机票……"就像他们问了我什么似的,我率先说道,"估计下周三左右。"

"你要是想住得凉快一点,我们家里随时欢迎。"印度先生说,"后院有独立的大门进出,我们不会打扰你。"

"谢谢你们。住不了几天了,搬来搬去挺麻烦的。"我说。

"请抓好绳子。"印度太太怕狗。她递给我茶碟,要我吃坚果。"这狗今天挺干净的。"

"我给它洗澡了。"我摆手称谢。

"她付钱给你吗?"印度太太问。

我说这么做,只是因为我喜欢狗。

"她带那么多行李,去哪里了呢?"印度太太问。

"她说要去度几天假。"

"度假？"印度先生很惊讶，"下水道通了吗？"

"临走前她买了瓶什么东西倒进去，很快就通了。"

"那是化学品腐蚀，瞧她在对我们的房子干什么呀！"印度太太心疼地叫起来，"我们真的要和她谈谈，越快搬走越好。"

我有点后悔说出这个细节，又一次觉得自己在出卖梅。但是鬼使神差地，我接下来顺着他们的情绪，表达了对梅的不满，似乎在这片刻友好交谈中结成同盟，一起把梅孤立起来。

"自己出去玩，把狗扔给你管，她理当付你工钱。"印度先生说，"人不应该白白使用别人的时间。"

西边的绚丽悄然熄灭。夜色由远而近，最终落在印度夫妻身上，他们深肤色的脸变得更加暗黑。出于安全考虑，我没去遛狗，索性和他们一起并排坐在台阶上，像忙完庄稼的农夫那样正式闲聊起来。

繁星满天。园子里虫子鸣叫。偶尔一辆车划破寂静。

许是夜色撩拨，回首往事，更易推心置腹。这个晚上，我知道了发生在这个印度家庭的一桩不幸。八年前，他们学习优秀的次子在一次校园枪击案中丧命。两兄弟本来都住在二楼，出事后大儿子搬下来与父母同住。房子空置五年后，他们才决定租出去。自称与儿子同住的梅搬了进来，却当起了二手房东。印度夫妻曾经几次警告梅，不希望她做转手短租，不然要请她另找地方。但是他们从未真正采取行动，没催促她，更没有强迫她搬走。

"她的儿子暂时不能来，可能还没有结束手头的工作，也许是在监狱服刑……"印度先生大胆猜测之后，叹口气，"家家有本难念的经。"

"她看起来也没有朋友，去年中过一次风……我丈夫老是说，让她这个样子找房子、搬家，于心不忍。"印度太太的声音柔和低缓，末了重复丈夫的话，"是啊……家家有本难念的经。"

他们深棕色脸上的表情隐匿在夜色中，只看见眼里闪烁的星光清晰明亮。他们就那样等着梅的儿子出现，也像是等待自己的次子回家。

也许是感到了孤独，梅的狗爬到我的腿上蜷伏。

十一

梅在第二天下午给我打电话,问我和狗相处如何。我说狗已经吃了牛肉和猪排,一切都很好。

"你在宠坏它,我都感觉有点抱不动它了。""宠坏"一词,梅用的是英语。听到牛肉和猪排,她明明是喜悦的,却偏要假装顾虑,好像那都是不良食物。

狗长了肉,这是真的,而且它已经挑剔梅的鸡肉青豆拌甜醋,每到我吃饭的时间点,它就抓挠梅的房间门。梅通常会温柔地制止。我把肉给它留着,梅一开门,它就会从我预留的门缝里钻进来吃个精光。我离开之后,也许短时间内它会不太适应,但很快会忘记牛肉和猪排的味道,重回鸡肉拌青豆的日子,我委实不用替一只名叫 Luck 的狗担心。

狗的话题只是寒暄，重点是酒店的豪华高档、游泳池的淡蓝梦幻，以及在那里感受的舒适惬意，梅甚至发出"这才是生活""人就应该这样款待自己"的人生感悟，还说我没有去真是太遗憾了。

挂了电话，她发来一张图片，那是个巨大的带分隔线的长方形泳池，水中池岸空无一人，连梅自己也不在其中。

我本想说这酒店生意过于清淡，可惜了漂亮的泳池，但为了不让梅察觉我在怀疑她——不知道为什么，我始终不相信她的豪华假日——我只说请她尽情享受美丽的泳池和比基尼，因为夏天一晃而过。

"我忘了带泳衣。"梅说，"这里也没有看到合适的。"

我没有回复。我猜测她发这条信息时的表情和心理。然后我想象一个上了年纪的老妇人,兴致勃勃,专程去高级酒店享受游泳池,却忘了带泳衣,于是穿戴整齐地躺在游泳池边的躺椅上,接受侍者服务……这情形多少有点滑稽——莫非她那样单纯痴痴地注视游泳池,就能获得愉悦与满足,达到款待自己的效果?莫非这不过是她对旧事的缅怀形式?

星期天晚上,梅发信息提醒我,关于周一的希腊餐。她用一大段夸张的文字描述了那家餐馆的特点,地中海式的蓝白装饰风格,雕梁画栋,鲜花缠绕,浪漫的环境加上美味的食物:多汁的羊排,尤其是芝士和无花果冰激凌……最后以"人生得意莫过于此"画上句号。

梅在描摹享乐之事时,总是运用她全部的文学才能,倾尽脑子里所有的华丽辞藻,且表现出罕见的热情活泼,把眼下的生活甩到九霄云外。

我答应周一去希腊餐馆,并暗自决定不让梅埋单。我会告诉她,我已经订了周三的机票去伦敦。我不会提到,那是因为我忽然十分急切地想见到"儿子的遗迹"。我构思了我们会面的细节、谈话的内容,想象他的言谈举止和宽厚的笑意。是否将儿子的照片展示给他?我一直没考虑清楚,场景卡在这儿动弹不了。我带狗出去遛了一圈,还是没有突破。我同样不确定,在周一的希腊晚餐中,我是否会向梅说出我内心的犹豫,这个六十岁的老妇人,是否能带来一点启发。

周一中午,熟透了的太阳以一种强硬的姿态压迫空气。我将狗放在客厅窗台上,这样梅回来它就能一眼看到她。我们盯着蓝得虚无的天空、静止的树叶,以及来往的行人和车辆。

公交车吐出梅的身影时,狗吠了起来。它不是认出了她,而是梅全身挂满行李的样子十分奇怪。她比去的时候显得更加潦倒,依旧戴着草帽和墨镜,几乎是步履蹒跚地穿过马路。狗紧张地注视着她,有一瞬间它屏住了呼吸,直到她来到楼底下,才兴奋地摇起尾巴吠叫起来,那情绪里包含着对梅的嗔怨、委屈,以及看到她回来时全身心的欣喜。

我打开门,狗扑向梅,梅扔下手中的东西,双手搂住了狗。我主动帮梅将行李拖上楼——像一个真正的下人那样——又下来拎剩下的东西,梅只顾着母女俩亲热,没有向我道谢。

梅重新坐在她的法国餐桌边,看上去异常憔悴,脸色发暗。她继续跟狗说着亲热话,像一个真正的母亲和孩子久别重逢。

狗吐着舌头,喉咙里发出哮喘的声音。

下午五点钟,梅从她的房里出来,似乎略微恢复了一点气色。她换了一条并不合身的蓝白细格吊带长裙,说穿这件去地中海风情的希腊餐馆最好不过。

餐馆在中央公园附近。我们由公交车转乘地铁。车厢里没有空座。梅削尖屁股果断地落在一对拉丁裔母女的空隙中,被隔开的母女面面相觑。在美国生活几十年的梅,居然还有这种中国式的生存本领。此时,站在孩子旁边的父亲面色不悦,指责梅没有礼貌:"在你挤进这个座位时,至少应该说一声,'Excuse me'。"

梅朝空中翻了一个白眼,没好声气地说:"Excuse me."然后做闭目养神状。

我眼前这个固执的老妇人,浑身带刺,充满敌意，两天的游泳池享受也没让她的头发变得顺滑，瘪着嘴，一张脸像没洗干净，收拾打扮后的样子仍然显得不洁与寒碜。我没法帮她说话，也不想替她向别人道歉，尴尬中悔不该跟她一起出门。

梅一直没睁眼，我也保持沉默。地铁到站，她昂着下巴穿过车厢，我像个仆人般紧随其后——人生地不熟，我也怕走散了。来到地面，阳光已经略带绵软，地上还是热烘烘的。穿过一条街，突见辉煌落日夹在高楼间，金光倾泻，整条街上的车都停了下来，人群拥堵在街上，拍照或痴望。

"你运气真好，正巧碰到了辉煌的曼哈顿悬日奇景。"梅背对着夕阳，她的身影被斜阳拉长，在墙上折了一道。

我听说过"曼哈顿悬日"。两百多年前，建筑师将曼哈顿设计成工整的南北和东西走向的网格结构,随着地球沿轴线转动,太阳沿地平线微移,在一年中的某一个时刻,朝阳或夕阳将正好与东西走向的街道对齐。因此每年会有四次、每次十五分钟的悬日美景。

悬日爆炸光芒,仿佛神迹显现。

恍惚中,我看到了儿子和"芥末"。

梅有意避开,在背光处随便坐在地上等我。

悬日渐渐沉落,绚烂归于黯淡。我们继续前往希腊餐馆。但此时梅忽然失忆,在街上兜了几个圈,辨不清方向,像无头苍蝇乱飞乱撞之后,凝滞在某个十字路口。或许是在回忆搜索,或许是对现实不知所措,她的脸上呈现迷茫和委屈,还有苦涩的憔悴。

人潮如水,从她身边匆匆淌过。

地铁车厢里那个固执而充满敌意的老妇人,变成了一只迷途的小羔羊。

我只好打开手机流量,使用国际漫游导航。

到达希腊餐馆,梅松了一口气,她好像刚刚遭遇了什么,有点被击垮的样子。

蓝白餐馆大门边竖着一块小黑板,是关于养老理财讲座的介绍。梅像贵宾驾临,虽疲惫不堪,但在本子上签名时,手中的笔仍然龙飞凤舞。服务员问我们要不要留下来用餐,得到梅的肯定之后,在我们的名字后面打了钩。

我们是专程来吃饭的,什么叫要不要留下来用餐呢?餐厅的异域风情扑面而来,人声嘈杂。我还没弄清楚怎么回事,梅就将我拉到最后的空椅上坐稳,同桌的都是陌生人。

餐桌中间摆着鲜花。

服务员斟满了酒水杯。

每个人的餐碟上都放着设计精致的菜谱卡片。梅拿起她面前的那张，以端庄的姿态阅读研究起来。

一个西装革履的职业人士拿着麦克风走到台前，用一番风趣幽默的自我介绍将满座逗乐之后，开始进入他的讲座正题。

"忍上十分钟，马上就可以大吃特吃了。"梅低声对我说，"你看晚餐有多丰富。我最爱多汁的羊腿肉，对了，要配茴香酒……还有这个……鹰嘴豆泥，哎呀，芝士，还有……必不可少的冰激凌……"

"为什么非要听这个？"我早已饥肠辘辘，"我英语水平不行，听不懂。"

"晚餐是讲座主办方提供的……没关系，咱们就装模作样听一听……主要是吃。"梅已经磨刀霍霍了。

我现在才明白，晚餐是免费的。忽然想到国内专门在各种酒席上蹭饭的人，不觉羞愧袭上心头，脸上也火辣辣的。暗自观察其他食客，这些肤色各异的人，无不衣着整洁得体，面色从容，仿佛都是受邀请的贵宾，分不出谁是真心听讲座，谁是习惯性蹭饭。

服务员给每个人发了一些印刷资料和一张空白表格。梅驾轻就熟地填好了。

我进退两难，很不自在。菜一上来，只是埋头吃，缓慢地咀嚼，以免眼前杯碟空了，失去掩护的道具。

食物不太合我的胃口，我也不习惯茴香酒的味道。但梅吃得津津有味。我第一次发现她的饭量惊人，近乎饕餮。她吃空了所有的碗碟，同时也消灭了我无福消受的大部分食物，并灌下不少酒水饮料。

最后吃甜点时,她伸了伸腰,轻轻打了一个嗝,继续将甜点小勺送进嘴里。

"我当年的婚纱照,就是在悬日背景下拍的。"为讲座的结束鼓过掌之后,梅忽然说起了她的婚姻,"噢,对了,也是在今天,7月12日。"

屋里有一阵小小的骚动。餐桌上刚认识的人握手道别,酒足饭饱后陆续离开餐厅。

"还有一件更重要的事情,也是发生在今天。"梅头也不抬,根本不在乎宴席终结,人们正在纷纷离场,"关于那个游泳池……"

"我们边走边聊吧,不然回去太晚了。"我冷冷地打断她。我讨厌她让我成为一个蹭饭的人。

梅耐心吃完最后一口甜点,艰难地站起来。去地铁站的那一段路,她走得格外缓慢凝重,仿佛刚下肚的食物使她不堪重负。她穿的是有半寸鞋跟的硬底拖鞋,鞋子不太跟脚,与衣裙也不搭配,斜背着拉链坏了的小黑包,姿态像幼儿园的小朋友。

这恐怕是入夏以来最热的一天。经烈日炙烤的街道散发出来的热气被高楼围困,千万台空调一起运转,汽车尾气往来不绝,空气在一个大熔炉中,被加工锻造得混沌混浊,万物都蒙着一身汗腻。

城市的繁华夜景已经粉墨登场,梅却落寞了。

我无心说话。梅也没有继续说她的婚姻,紧闭细薄的嘴唇,上车就闭眼打盹儿。

我看到她的脸垮掉了,嘴角、眼角通通朝下,整个人沉陷在座位上,像一件破旧物品。

"必须尽早和这个人脱离瓜葛。"我暗自思想,"简直太糟糕了。"

隧道内部的照明灯不时闪现,微弱的白光有节奏地敲击着车窗。

驶过一段长久的黑暗之后,梅开始说话。

"等我打赢官司,拿到钱,我要在中央公园旁边买一个带阳台的公寓。"她头靠着车厢,微眍双眼看着我,"那是一笔不小的数目。"

"祝你好运。"我不想打听更多。

"我是离婚以后发现的,他曾经捐了一笔钱出去,这笔钱没有经过我的同意。"梅稍微正了正身体,以便聊天更舒适些,"找对律师,对打赢官司来说,太重要了……我现在的律师很优秀,他说我胜算的可能性很大。"

"他确实不应该瞒着你支配你们共同的财产。"她的话我并不当真,这时候说出来更像是恍惚中的梦呓。

"我们是大学同学,毕业后一起来美国读研,然后留下来。他有头脑,懂技术,开了一家公司,赚钱,他做得很成功。"梅脸上的苦涩也苏醒了，"儿子十二岁那年，他想回国创业。他说祖国越来越富强了，全世界的人都去中国做生意，他也打算搬回中国——他还说，他在美国从来就没有归属感。"

"理解。的确有很多人选择回归，这里有身份认同问题。"

"我不想回中国。"梅疲惫地摆了一下手表示否定，"在这里，我才有归属感……自在，我是我自己，或者……我谁也不是……无论如何，我只愿待在这里。"

"回去，或者在此终老，听从内心，都无可厚非。"我提起精神，"那他最终还是回国去了吗？"

"回国创业，报效祖国，都是谎言，骗子……"梅重新闭上眼睛，"他在北京已经有了一个女人和孩子，要不是我们共同的朋友——安妮，她在我离婚后才告诉我这个事实，我可能到现在都被蒙在鼓里。"

"这种事，朋友夹在中间，也很为难。"我不想评价她前夫的行为，相对于伦敦那个家庭，我也属于那样的"一个女人和孩子"。

"我不知道，他老早就开始转移财产。他跟我谈，如果我同意他把儿子带回国，他会给我一千万美金，否则，一分钱都没有。"

无疑，梅选择了儿子。我心里顿时涌起对梅的无比崇敬，她那副潦倒的疲态，刹那间显得格外伟大而悲壮。

"儿子是无价之宝。"我说，忽然间就敞开了心扉，"我也是一个母亲……曾经是……仅仅五年……"

"为什么？"梅睁开眼，眼眶是湿的，泪水似乎倒流到心里去了,"五年?什么意思?"

地铁在隧道中拐弯,摩擦出尖锐的噪音,像梅的破壁机那样发出千万个鬼魂从地狱中发出的凄厉的惨叫。我捧着嘴巴,像呕吐般弯下腰来,我听见我嗓子里发出的声音盖过了地铁尖锐的噪声,又或者我嗓子里没发出任何声音。我不知道。也许那声音原本就不是地铁摩擦轨道发出来的,那就是我憋屈已久的号叫。持续了多久?几秒钟?几分钟?我不知道。直到我感觉有只手搭在我的背上,轻轻摩挲。我看到梅的脚指头从那双不跟脚的拖鞋前头冒出来,大脚趾上的粉红色指甲油已经残缺,脚指甲里头也不洁净。我用手掌擦脸时,梅递给我一片纸巾。

黑暗将窗玻璃涂成了镜子。空荡荡的车厢,惨白的灯光,像太平间。我看见自己,也看见了梅。两个颓丧的幽灵。在地铁的行进中,明明灭灭。

出了地面,准备转公交车时,梅拦住一辆的士,她说 Luck 一个人在家时间太长会很焦虑——它原本就是一只流浪狗,特别害怕被再度抛弃。

十二

梅回家就进了房间，没听到她和狗交谈，也没有传出洗漱声，房间里异常安静，只看见门缝里透出微弱的灯光——她怕黑，这灯光通宵都不会熄灭。

地铁车厢里爆发的情绪还没有平复，我睡不着，在屋子里漫游，从卧室到客厅，往返狭窄幽暗的过道。我第一次注意到，有微光从另一个房间的门底下透出来——也许里头有了租客。

厨房和客厅的夜灯总是亮着，是柔和的银白，仿佛月色满屋，等待夜归者。

有点不知身在何处。我索性开始收拾行李，想象与"儿子的遗迹"再次见面的情景，想着我是否会止不住痛哭失声。我随身并没带多少东西，行李箱一半是空的，其中还有儿子每晚抱着睡觉的柴犬玩偶。收拾完行李，我又没事可干了，夜晚重新变得漫长。下半夜昏昏沉沉，勉强睡了一阵，窗口终于显出灰白。

黎明透着黄昏的气息。我出去跑步，顺着那个长了大叶睡莲的湖转圈。一对沉睡的鸳鸯泊在湖中。蝉已经开始鸣叫。我心绪不宁，没跑多久便打道回府。习惯早起的印度夫妻坐在前门台阶上，赤着脚，享受清早的幽凉。我跟他们打了招呼，一坐下来，就告诉他们我明天去伦敦。他们替我高兴，同时也很遗憾，他们觉得我好相处，和梅不一样。

"你走了，马上会有新的人住进来。"印度太太说道。

"另外一个房间里晚上有亮灯，好像是有新的客人。"我说。

"她从没出租过另一个房间，那是给她儿子留着的。"印度先生摆摆手，"也许她儿子的确不时回来过，我们没遇到而已。"

"她怎么样？看起来好像是生了病的样子。"印度太太略显担忧，"脸色很不好看。"

梅度假回来，的确更显憔悴，但昨天的晚餐食量，说明她没毛病。

"上一次中风，要不是我太太及时发现，后果不堪设想。"印度先生说，"后来我们每天都要跟她发信息，联络一两次……她身边要是有个人还好一点，我们也不用这么焦虑。"

印度夫妻像饱经风霜的农民，担忧恶劣天气摧毁庄稼。太阳爬出来了，给他们脸上的单纯和真诚镀上了金光。

我喜欢和他们聊天,但没遮没挡的台阶裸露在阳光中,有点燥热,我起身离开。

我把冰箱里的菜全部拿出来,做了好几样,准备等梅一起吃。过了中午十二点,梅的房间里仍然没有动静。门底空隙里有一团阴影,我知道狗趴在门口,它已经闻到香味,等着出来分享我的午餐。

我饥饿难耐,正打算敲梅的门,忽然收到她的短信:

"门没有锁。麻烦你,给我倒杯水喝好吗?我实在起不来了。"

我第一次走进梅的房间。空气灼热,一股霉味和狗腥臭。

狗兴奋地蹦跳。

梅直挺挺地躺在那张复古法式床上,我吓了一跳。幸好她抬了一下手臂,证明她是活的。

她根本动不了,整个人硬邦邦的,只有左手可以小范围活动。我扶她坐起来,她摆着手痛苦呻吟:"慢……慢点……痛……"

我从没照顾过病人,她那又薄又脆的肩胛骨,仿佛随时可能折断。好不容易扶她达到一个可以喝水的角度,累得满头是汗。

她喝光了杯中水。头发湿漉漉的,枕头上也留着汗水印。

"你这是怎么了?"我担心她又中风了。

"大概是在大酒店被空调冻着了。"她声音相当虚弱,"以前出现过这种状况,骨头痛,穿衣都费劲,但不至于像这样,起都起不来了……"

母亲也有这毛病,随便受点凉就全身疼痛,几近瘫痪。她生了五个孩子,从没坐过月子,照旧下地干活,冷水热水没条件讲究。

"需要去医院吗?"严峻的情形下,我只能想到医生。

"去医院……还不是一样躺着?"梅似乎也不信任医生,"没什么大碍,休息两三天就好了。"

我无法反驳梅的经验之谈,而且我明天要走了,这辈子不可能再有机会见面,也无联络的需要。

"我给你弄点吃的过来。"我在她背后垫上枕头,让她斜靠着,便于用餐,"我做了炖牛肉,相当好吃。"

"真的吗?"——这是我脑海里的回音。梅的这个口头禅不知从哪天开始消失了。她并没有说话,全力对付被挪动时产生的阵痛。她的表情是绝望的,也像悲伤,是太深的苦涩使她产生一种绵延不绝的脆弱,似乎只要她放弃,只要她不挺直后背,她就会像根羽毛被命运卷上云霄。

梅的深棕色托盘，有一层肉眼看不出的油腻，沾着食屑，我"擅自"将它清洗干净，盛了饭菜端进梅的房间。第一次见梅，感觉自己像个下人，紧跟着她高贵笔直的后背，踏进她的"皇宫"，戏剧性的是，现在我真的在扮演下人的角色，伺候起她来了。不但饭菜端进房间，而且还要喂食——她那只小范围活动的手，就像溺水的人，只能用来呼救——我搬把椅子坐在床边，打算好人做到底。

梅的吃相和昨晚判若两人，像是被逼迫进食，缓慢且痛苦地咀嚼着。我避免直视她那张焦枯落魄的脸，手背上静脉曲张的血管。此时打量她的寝宫不算冒犯：法式床底下乱堆着鞋盒和鞋子；衣柜门胀裂开来，缝隙中夹着的衣服拖到地板上；窗帘杆上晾挂着衣裙和短裤；窗前的小茶几夹在两把变形的藤椅中间,上面有些脏乱杂物;小书桌摆在角落里,一个"老干妈"空瓶子里插着已经蔫萎的红玫瑰;狗窝摆在她视线能及的地方;吸顶灯裸露灯泡、电线和蛛丝,外壳已经不知去向。再过一会儿,我将会看到洗手间的乱象:白瓷盆里的渍垢、模糊不清的镜子、似乎很久没使用过的浴室、长着黑霉的砖隙……当梅说要上厕所时,我才意识到还要面对这种尴尬时刻。我这辈子只给儿子把过屎尿。我尝试带她去洗手间,但一碰,她就痛得直呻吟,那只小范围活动的手拼命摇摆,好像一离床她就会散架。除了那只拌沙拉的大木碗,她家里没有可以充当便器的东西。我有点束手无策。

狗很懂事,待在它的狗窝里安静地注视着我们,眼睛里弥漫着深深的忧愁——第一次发现它有这么丰富的表情,我着实吃了一惊,不免为先前对它的蔑视感到惭愧。

安顿好梅,喂饱了狗,迫不及待地带它出来遛弯,我比它更需要新鲜空气。只要能离开梅的房间,太阳可怕的炙烤,以及皮肤紫外线过敏都不算什么。

狗今天表现奇怪,情绪低落,三步一停,老想要回家。

"你怎么啦?"我摸了摸狗的脑袋,"不想到公园见别的小朋友吗?"

狗看着我的眼睛,吐着舌头,然后望着回家的路。

也许它惦记着梅,她的异常使它缺乏安全感。

我忽然也感到莫名焦躁。我还没跟梅说明天飞伦敦。提前了一周离开,我认为她有足够的时间处理房间迎接下一位客人。不管怎样,我只是一个临时租客,明天将继续我的行程。但眼下她病倒在床,我在她不能动弹的时候走掉,至少要去和印度夫妇谈谈她的情况,兴许能想办法联络到什么人来照顾她,比如她儿子,以及她偶尔提到的所谓朋友。

太阳下我已经感到脸上过敏发痒,也无心继续往前,于是掉头返回,狗立刻拽着我奔跑起来。

我按响了印度人的门铃。他们腼腆的儿子告诉我,父母要到晚饭后回来。这无疑延长了我的焦虑。狗飞奔上楼,甩下我去了梅的房间。我肚子咕噜咕噜响,才意识到自己忙得忘了吃饭。于是随便热了一下饭菜,站在灶台边吃完,洗碗收拾厨房,连炉灶上的陈年污渍也擦得干干净净。

"你能做一次红豆冰沙吗?"梅给我发信息,"我太想吃了。"

红豆冰沙是梅每天必不可少的"鸦片"。当我将那台粗笨的机器弄出地狱群鬼般的惨叫时，机身痛苦地震颤，毫无出路的冰块在透明封闭的容器中奔逃，刺向耳膜的是撕裂与破碎、哀伤与悲恸、尖锐与深入……这声音让我获得难以言喻的释放与快慰。我用手机将声音录制下来，以备在某些可以预见的难挨夜晚播放聆听。

"破冰声的美，胜过所有的音乐。"这是梅要讲故事的前奏，"我做冰沙，并不是有多爱吃冰沙，我只是对破壁机工作的声音上瘾。它像发自你的肺腑，你不觉得吗？"

我没去承认梅这番话正中我的心坎，只是像以往一样配合她。"嗯。刀片与冰块的较量，一次次输得粉身碎骨。"

"最开始，我恨我前夫，不是恨他的不忠和私养孩子,而是恨他在拥有那么多之后,还要夺走我生命中仅有的东西,钱一分不剩,连儿子也要带走。"梅这次说话并没有多少铺垫,几乎是单刀直入。

"他最终还是带走了儿子?"我有点难过,"这真是过分了。谁也没有资格和一个母亲争夺孩子,谁也不应该试图从一个母亲身边抢走孩子——如果他算得上仁慈。"

"我也恨了一段时间的命运……可是命运这东西毕竟太虚无,而且它多半是无辜的。"梅似乎想幽默一下,缓解我的严肃,"最后我恨自己……一直恨自己,没再改变。"

"惩罚自己,是不用背负任何道德罪咎的。人都善于这么做。"我这么四处游荡,只有我自己深知,这不是旅行,这是放逐。

"我要是和前夫一起回去,我们的家庭是不会破碎的,这一点我还是很清楚的。"梅闭上眼睛,似乎极为困倦,"我已经是这片土壤里生长的植物……我太固执……如果可以预知未来的话,我会和他一起回国。"

我想向梅提问,但忍住了,相信疑问会随着她的讲述自动呈现答案。"事情都过去那么久了,不去执着对错了吧。"把道理递给别人,总是显得容易。

"时间就是水滴石穿。你会发现,事情不会随着时间流逝而模糊不清,恰恰相反——除非那不是一件让你悔恨终生的事。"

梅的话让我对未来产生了恐惧,我真害怕到了她这样的年纪,懊悔和痛苦会比现在来得更加严重。

"儿子发出过警告,但是我们都忽略了。"梅垂闭的眼皮涌起血色,我知道那里面正在生产眼泪与痛苦,"他很难在父母之间,选择任何一方。"

"这是一道世界上最难的选择题。"

"其实……我去带游泳池的酒店,不是享受,而是惩罚。"梅说。

这句话又塞给我一团疑云。

十三

晚上八点钟，我再访印度夫妇，将一直随身携带的龙井茶送给他们，算作礼貌告别。印度太太破例请我进屋，我正好要和她谈梅的事情，因此没推辞。

屋里清凉。一尘不染。电视机里正在播放印度语新闻。客厅摆设略多，但拥挤中显出温馨。印度先生从地下车库上来，将一盆开得正艳的淡紫色兰花放在茶几上。印度太太要让我尝尝她做的草莓冰沙。厨房是开放式的，她一边忙活，一边和我说话。她说这个夏天恐怕是近些年最热的，她佩服我能吃苦头，居然能扛上这么些天，要是长痱子的话，她家里有从印度带来的药。

"你得小心，别被这个破壁机的怪叫声吓着了。"印度先生对我说，"我用隔音棉降低噪音，她倒说裹起来闷声闷气的，听着别扭。"

　　"可不是嘛，就好像一个人正在尖叫，却被人捂住了嘴……"印度太太笑着打了一个比方。她有一双大杏眼，眼角的鱼尾纹很是动人。

　　我也笑起来："应该没有比梅的破壁机更大的噪音了。我第一次听到时确实吓了一跳。不过细听之下，那声音还是很独特，纯粹、极致、一针见血。"

　　印度先生重新回到地下车库修理什么东西。

　　印度太太说，男人总有自己的排遣方法。儿子刚出事那阵，丈夫一天到晚闷在车库里捣鼓。"我呢，也不能老是哭吧？我就是那时候迷上了做冰沙。每天做冰沙，冬天也不例外。"印度太太搬出一台乳白底座的破壁机，"前面已经报废五台了。每一个人都有自己的嗓音，每一台机器的声音也各不相同。你说得很对，这种声音太迷人了，纯粹、极致、撕心裂肺。"

冰块被倒进破壁机。大块的坚冰，透明、冷峻，像钻石。薄薄的刀片寒光闪烁。

万物沉静。

"有去现代博物馆看油画吗？"印度太太问道。

"去了。第一次看到那么多世界名画同聚，很震撼。"

"我特别喜欢这台机器的声音。"印度太太像介绍传家宝似的，"你注意到爱德华·蒙克的那幅油画了吧？一个骷髅人，双手捂住耳朵在呐喊……"

"是的。"

"你仔细听……"

我屏住呼吸。

"这就是那个骷髅人发出的尖叫……"印度太太按下破壁机按钮。

天地崩裂……

痛苦、呐喊、尖叫、诉泣、呜咽、疯狂、绝望、哀求……

冰屑飞溅，如飞蛾扑火。

眨眼间粉身碎骨。

一切戛然而止。

我们有一阵没说话。

直到印度太太将冰沙分入玻璃小碗，尖细清脆的碰撞声才击破了某种沉寂。

"梅的那台机器带着干渴沙哑……"我努力将眼里的泪水逼回去，"这个听起来声音更飘逸，就像……"

"就像脱离尘埃，穿越洁白的云层……飞向天国……"印度太太展示她好看的鱼尾纹，眼睛里有一股澄明与安详的光。

"正是这样的感觉。它使人安宁……超脱……"

"我就知道我们能聊到一块……你要是能多待一阵就好了，我请你到家里吃印度菜。"

"下次来，一定住在你们家。"我做了一个深呼吸，感谢印度太太的友善，"你知道吗，梅昨晚病倒在床，起不来了，说是外出度假受了寒……"

"希望不是中风。"草莓酱使冰沙变成粉红色，印度太太最后倒进牛奶椰汁，撒上磨碎了的坚果，"这次一定要通知她儿子。"

十四

印度太太和我一起去见梅——尽管吃冰沙的时候，她再次对梅表达各种不满：一个女人最基本的职责，就是将家里收拾洁净，而不是弄得臭烘烘的——她非常担忧梅的状况，上一次中风，她曾亲耳听到医生的警告。

狗对印度太太吠叫，可见梅和楼下是不往来的。她那只溺水者的手活动范围更小了，几乎是象征性地动弹了一下。更糟糕的是，她说不出话来，嘴巴嗫嚅着，在吸顶灯昏暗的光线下，生产不出表情的脸显得焦黄，所有的表达都集中在眼睛里，那里面一下子拥堵了很多东西。

印度太太一看事态严重，言行也急促起来："你听着,我们必须送你去医院,我马上拨打911。"她转头对我说,"请你找一下她的证件和医疗卡……看看通讯录,联系她的家人或朋友,总之得有人过来……越快越好。"

印度太太疾步下楼,覆盖屁股的衣摆随之舞动。

我还不太相信,喝一杯冰沙的工夫,梅就这样了?我把手机递给她,说:"给你儿子打个电话吧,让他回来照顾你一阵。"

梅两眼望着天花板,眉头紧锁,肌肉已经妥协,眼眶四周变红,泪水溢出了眼角。

她好像正在死去。我有些慌神,这才开始寻找印度太太提到的东西。那只张着鳄鱼嘴的小黑包,里面全是些乱七八糟的垃圾,几张光芒闪烁的信用卡早就过期,单独放在安全的小隔层里,获得额外的小心保护。我脑子里想着证件和医疗卡,已经顾不上斯文,像个窃贼一样翻箱倒柜,打开每一个抽屉,只不过发现了更多没用的废品。其中有张字迹漂亮的新年贺卡,我虽无意偷窥,但仅瞥一眼就读到了那几行字:

May:

　　请原谅,我没有尽早告诉你实情。我不确定,说出真相,是在帮助你,还是伤害你,尤其是你们的婚姻看上去那么美好。

　　我知道,作为一个母亲,这半年你过得多么艰难。我也是有孩子的人,这痛苦如同发生在我自己身上。

　　到西雅图来过春节吧,我们全家在这里等你。

我继续寻找。打开衣柜，霉味扑鼻。衣服凌乱堆积，鞋子和背包横七竖八，像批发仓库。我迅速摸遍所有的衣服口袋，翻查每一个背包，但一无所获。空气闷热，心里着急，感觉到汗水在全身流淌。绝望之时，我看见了衣物中隐现的行李箱，是梅拖去享受游泳池时的那个，依旧鼓鼓囊囊的，四周浮起毛边，有些地方几乎快要磨透。

这是梅家里最后一处没被打开的地方，我猜想所有的重要物品应该都藏在这里。

我将行李箱拖到房间中央，狗知道这代表出门旅行，高兴地跑过来东嗅西嗅。我嫌它碍手碍脚，凶了一嗓子，它沮丧地躲开了。

我首先拉开外层的拉链，摸到了一些陈年机票、车票、酒店收据以及地图和旅行手册之类的东西。主箱拉链掉了手扣，里头塞得太满，只能用手指尖慢慢推动拉链，箱子像真空包装似的，随着空气的进入而蓬松，鼓胀得更加厉害。

出乎意料，里面净是属于小男孩的衣物：西装、领带、T恤、运动鞋、棒球帽、沙滩鞋、跳子棋、太阳镜，以及五颜六色的泳裤……衣物大小不同，应该属于五至十二岁的男孩。为避免证件夹裹在相册中，我不得不逐页翻查。相册从男孩子出生那天开始建立，下面写着出生日期。后面的照片也是按时间顺序整齐排列，清晰地看见孩子的成长轨迹。

年轻时的梅小家碧玉，肤色白得耀眼。她和男孩的合影很多。她并没有剪掉她的前夫，照片中他依然在构造幸福的三口之家。游泳池几乎是照片的主题。男孩站在同一个游泳池边上,摆出同样的姿势,照片中他的身体渐渐长高。一张独占一页的照片格外醒目,在蓝白相间的太阳伞下,梅戴着大框墨镜,身穿天蓝色比基尼,和儿子下跳子棋,旁边是红衣侍者,一只手托着酒水饮料盘,一只手背在身后,朝梅和男孩微微躬腰。背景是酒店的花园风景。

街上传来救护车的尖叫。印度太太疾步踩响木质楼梯。我手指头抽搐般一通乱扒。终于在箱子最底层找到一个布质软包,里面有梅的护照等所有证件。印度太太一跨进房门,我就将整个布包递给了她。

"你不用给我。"印度太太说道,"带去给医生做登记。"

"啊?"这我可是毫无思想准备,"我的英语恐怕不够应付。"

"那你联系到她儿子了没有？"印度太太问，"有没有人可以替代你？"

"你是她的房东，和她更熟更近一些……而且，我明天就要……"

"你是她的租客，你和她住在一起，也最了解她的情况。"印度太太很严肃，"要不是你在这里，她出这种事，我都不知道会有多少麻烦。"

"我们一起去吧。"我稍作妥协，"毕竟我是个外国游客。"

十五

梅的情况不乐观。我本来担心得整夜待在病房里照顾梅,幸好医院不需要陪护,除了联系她的家人,眼下没什么需要操心的,什么都不用管。我和印度太太在凌晨两点回到家。她在家门口再次嘱咐我,务必联络梅的家人或朋友,似乎唯有那样,我才能摆脱照顾梅的职责。

我打开门,狗坐在楼梯上端,它安静而客气地摆了摆尾巴,然后待在原地,继续盯着大门。

"你妈生病了,恐怕这几天都不会回来。"我将剩下的牛肉倒进狗碗,叫它吃饭。它礼节性地过来嗅了一下,又重新坐在楼梯口。

我既累且困,很想倒头就睡,但印度太太托付的任务压在心头,顾不上安抚狗,更无心睡觉。我穿过幽暗狭长的过道,打算去梅的卧室,查一查她的笔记本电脑和手机。这时候我又看见另外一个房间里透出了黄色微光。

我忽觉后背凉飕飕的。

夜里头我是一个胆小鬼,我就是那种洗澡时停电会大声尖叫的人,尽管我看过的恐怖片和灵异故事屈指可数:风靡全球的《午夜凶铃》开始十分钟,就果断关掉了电视;张国荣主演的《异度空间》,大部分时间我都捂住眼睛;看斯蒂芬·金的《闪灵》,我努力使自己注重心理学部分。

此时神秘房间里透出来的灯光,让我毛骨悚然。翻找梅的证件时所产生的疑虑重新浮现:梅为什么要拖着装满儿子幼年衣物的行李箱去酒店?为什么后面的相册页是空的,不再有儿子成长的轨迹，连梅引以为豪的耶鲁大学的毕业照都没有一张？

夜静得出奇，仿佛万物屏息，无数双隐蔽的眼睛盯着我。我在房门口停顿两秒，迅速返回客厅，打开了屋子里所有的灯，然后抱起坐在楼梯口的狗。

"有人在吗？"我敲响房门，大声问道。

狗吠了几声，仿佛给我壮胆。

我凝神倾听，希望有脚步声过来。

又试了两遍，依旧没有任何动静。

"我们进去看看好吗？"我对狗说，"如果有客人居住，好歹得让人知道，你妈妈住院了。"

狗听到"妈妈"一词，耳朵后撤，圆睁双眼盯着我，仿佛在说："真的吗？"

"我希望你妈不会怪我擅闯私人房间……毕竟她也给我添了不少麻烦。"我手上使了点劲，将狗抱得更紧,一只手轻轻转动房门把手。我暗自期待门是锁着的,但它竟然梦幻般地开了,昏黄的微光裹挟奇怪的气味辐射过来,仿佛进入梦魇世界。

狗似乎感觉到什么,挣扎着想逃离我的臂弯。

"别怕。"我对狗说,同时双手将它抱得更紧,因为恐惧,脑子里已经嗡嗡作响。

我按下了墙上的开关。吸顶灯亮了,虽没有增加多少光明,但眼前已清晰可见。屋子里摆设简洁,井井有条,干净得像信徒家中的藏经室,让身在其中的人觉得自身的不洁。单人床靠墙,上面铺着蓝白细格子被单,经过细心的拉抻抚平,没有一丝皱褶。枕边放着一只毛茸茸的棕色贵宾犬玩偶。床头柜上有台灯和一个红色闹钟。一枝算得上新鲜的玫瑰插在玻璃瓶中。床沿下摆着一双儿童球鞋,鞋后帮被踩出了几道皱褶。

使整个房间充满艺术气质的是那个棕色案几、两盏法式烛台、一个复古式陶瓷台灯、扇叶形布面灯罩。一尺来高的相框，照片是一个男孩跳进游泳池的瞬间，他像鹰一样飞了起来——这个游泳池，和梅度假时发给我的照片一模一样——案几正中间是一只古色古香的黑色雕花木盒，像女人的小首饰箱。我中了魔似的，被钉在原地。

我知道那是什么。不久前，我亲手将儿子装进了这样的盒子里。

我一点也不害怕，之前的恐惧也忽然消失，心落下了地。

梅没有撒谎。她的确与儿子住在这里。

我沉坐床沿，很久没有挪动。

我想象梅布置这间房子的情景。

渐渐地，梅变成了我……

不知道什么时候睡过去的,醒来时我发现自己倒在单人床上。狗趴在过道里,守着梅的门。窗外曙色已经盖过屋内的灯光。

极度疲惫之后,得到充分休息,我有一种轻松感。

"为什么不送给儿子一只猫……"——这只盘旋在我脑海里的黑鸟,已经变成了一只洁白的鸽子。

世界明显产生了某种变化,不知道从梦境回到了现实,还是从现实来到了梦境,有片刻连我自己的存在都变得可疑。

我回到自己的房间,登录航空公司网站,取消了前往伦敦的机票,给"儿子的遗迹"写了一封长信,也讲到了梅的故事。他一定对我的隐晦修辞感到迷惑,但永远不会意识到其间隐藏的秘密。

狗两次进房间,每次看着我,停留片刻就走了。它有些焦虑。

我打算带着它去医院看梅。

十六

梅的手机屏幕壁纸，是那个男孩在泳池边一跃而起的照片，像一只鹰。

我在房里来回走动，猜想梅会选择哪组特殊的数字作为登录密码，希望自己像电影里的侦探那样，皱着眉头踱几个来回，就能恍然大悟。生日？结婚日？离婚日？大学毕业日？首次获得签证日？直觉告诉我，梅会使用生命中重要的信息，最爱的人，刻骨铭心的记忆，难以磨灭的深情……凭着五年为人之母的经验，我确信孩子是一个母亲的最爱，是母亲一生幸福的密钥，梅的密码也必然与儿子有关。

我重新翻开梅的相册，找到婴儿照片底下的出生日期:1995年7月12日。我试着输入950712。提示密码错误。我缓慢地再次尝试,同样失败。梅也没有使用自己的生日作为密码。剩下的可能,无异于大海捞针,我完全失去了方向。

梅没有日记本,也没有保存什么书信,唯一能读到的东西,就是西雅图安妮写来的卡片,那上面也没有特别数字,只有一个落款,2008年1月1日,这个数字没有任何意义。我并不抱希望,但还是反复阅读这张卡片,仔细推敲安妮的留言。我在其间发现时间的痕迹。她提到梅那半年的艰难时光,从卡片书写日期往前推算,那件事情应该发生在2007年7月。安妮说"我也是一个有孩子的人",证明发生的事情与孩子有关;安妮所指的痛苦,并不是梅的丈夫出轨或离婚。

我忽然想起曼哈顿悬日那天,梅谈到她的婚纱照，并说出那一天是 7 月 12 日，紧接着在希腊餐馆，她进一步提到了这个日子，说还有一件更重要的事情，与游泳池有关，但我急于逃离餐馆，打断了她的谈话。

我确定，安妮在卡片里的留言，以及梅在希腊餐馆提到的"更重要的事情"，都与梅的儿子有关。

这件事应该发生在 2007 年 7 月 12 日。

"070712"我用一根食指尖点击手机按键。

没错。儿子的忌日，是梅的开机密码。

我没有透露太多信息给印度太太，也没有提到骨灰盒。我只是把梅的手机交给她，告诉她通讯录里面最重要的人，是梅在西雅图的多年好友，名叫安妮，她应该会过来帮忙。

"你们都是中国人，沟通起来更方便，"印度太太让我联络安妮，她忽然也表现出对我的强烈依赖，"而且，你也是一个见证人，不然我这个房东会有麻烦的。"

碍于那杯草莓冰沙的友谊，我不好推拒，当即用梅的手机拨通了安妮的电话。一个温和的女中音在电话里头叫出了梅的名字。我解释了一番，并将电话交给了梅的房东。印度太太又讲了很久，从梅租房到现在，这期间发生的种种事情，当然也免不了埋怨作为二手房东的梅以及她从不出现的儿子。

"谢天谢地，她还有您这样的好朋友。"印度太太最后说道，"您要是联系不上她的儿子，请务必过来一趟。"

安妮沉默半晌，说见面详谈。

晚上九点钟，安妮风尘仆仆出现在梅的家里。她的年纪与梅相仿，一头蓬松的短发，显得精神干练。她跟我说了很多,关于她们的友谊,关于梅的婚姻,关于梅的固执。她证实了一件事:梅的儿子只活了十二年。

"他就是跳进这个游泳池自杀的。"安妮指着那张像鹰一样张开翅膀飞翔的照片,"梅一度精神崩溃。说实话,我也不太理解她,这些年,她不断地去这个地方,去看这个扎人的游泳池。"

我心里打了一个冷战,手脚冰凉。

"孩子的父亲,后来也无心做生意,垮掉了。"安妮说道,"发生这种事,生活很难回到正常的轨道。"

"梅说她还在和前夫打官司,要回一笔她并不知情的捐赠。"

"她太固执。"安妮摇摇头,"她需要钱,去那昂贵的酒店游泳池继续惩罚自己,难免会异想天开。"

我默不作声。

安妮还说了些别的,对我来说已经无关紧要。

我太疲惫,在梅的那张法式餐椅上坐下,狗跳到了我的腿上蜷伏,我默默地像梅那样揉摸着它。

上架建议：小说

ISBN 978-7-5306-8509-9

9 787530 685099 >

定价：32.00元